Título del original italiano:
Il segreto di Tom Ossobuco
Traducción de Juan Antonio Pérez Millán
© 2012 Il gioco di leggere Edizioni, Milano (Italy)
© para España y el español: Lóguez Ediciones, 2013
Santa Marta de Tormes (Salamanca)
Todos los derechos reservados
ISBN: 978-84-96646-94-0
Depósito Legal: S.321-2013
Impreso en España - Printed in Spain
Gráficas Varona, S.A.

www.loguezediciones.es

El secreto de Tom Ossobuco

Escrito por Fulvia Degl'Innocenti

Ilustrado por Roberto Lauciello

Lóguez

En la Calle de los Cipreses, hay un gran revuelo
a la altura del número 13, delante de la tienda de la trapa bajada.

"¿Cómo? ¿Otro temerario que pretende abrir su negocio aquí?", piensan sorprendidos los vecinos del barrio.

De una furgoneta sale un hombrecillo bajo y grueso. Detrás de él, una mujer alta y delgada avanza majestuosa como una reina.

Lo primero que hace el hombrecillo es ajustar la placa con el número 13, que alguien había despegado. De la multitud brota un murmullo de desaprobación e incredulidad.

Después empieza a descargar cajas, sacos, neveras. Todo bajo la atenta mirada de los viandantes y, sobre todo, de Al Matabueyes.

Todos recuerdan perfectamente cómo acabaron otras veces los nuevos negocios que se abrían en el número 13 de la Calle de los Cipreses.

Sí…, las otras veces…

La relojería: sus relojes marcaban siempre una hora
equivocada y no había manera de ajustarlos.

La tienda de caramelos: sus bombones y
piruletas se pegaban a la lengua.

La panadería: los panes y pasteles, con buena levadura, –pluff– se desinflaban como balones pinchados.

La sastrería: todos los trajes salían siempre mal de medidas…

Nadie lo dudaba: la culpa de todo aquello la tenía el desgraciadísimo número 13.

Y ahora llega esa furgonetilla blanca,
decorada con dibujos de salchichas.
Otro carnicero.
¡Qué valor!
No sólo desafía la maldición del 13,
sino también la competencia de Al
Matabueyes, que tiene su carnicería
justo enfrente.

Y ahí está Al, con su barrigota
cubierta por un delantal sucio y sus
piezas de carne de vaca, sus pollos y
conejos colgando como trofeos.

La carne que vende Al no es gran
cosa, pero hasta ahora era el único
que la vendía…

Durante varios días nadie vuelve a ver
a esos dos tipos extraños: permanecen
encerrados en su tienda, entre golpes
de martillo y arrastrar de muebles.

Pero, una mañana, se levanta la trapa de la Calle de los Cipreses, 13 y aparece un cartel en el escaparate:

"TOM OSSOBUCO Y SEÑORA INVITAN A LA AMABLE CLIENTELA A LA INAUGURACIÓN DE 'EL PARAÍSO DE LA SALCHICHA', MAÑANA A LAS CINCO DE LA TARDE. ¡HABRÁ SALCHICHAS Y TAPAS GRATIS PARA TODOS!

La palabra "gratis" disipa los temores y todos acuden a la inauguración.

Los vecinos del barrio prueban encantados los aperitivos de Tom y señora
y comentan: "¡Qué buenos! ¡Qué sabor tan exquisito!".
Desde el otro lado de la calle, Al Matabueyes observa con una sonrisa maliciosa:
"Ya veremos qué pasa con la maldición del 13…".

Sin embargo, cada día entra más gente en la tienda de Tom Ossobuco, mientras la de Al Matabueyes se queda vacía. ¿Cómo puede ser eso?

Desde que la tía Tomasa prepara el caldo con la carne de Tom, ya no usa bastón y hasta tiene un pretendiente.

Desde que come los filetes de Tom, el forzudo es todavía más forzudo.

Desde que la sopa de verduras lleva carne de
Tom, la pequeña Enriqueta no la escupe.

Todos están entusiasmados. La carne de Tom no sólo es buena,
sino milagrosa.
En el mismísimo número 13.

Al Matabueyes está verde de envidia:
"¡Ese enano gordinflón! ¡Esa bruja!".

Romualdo Pejesapo y Osvaldo Picapinos, los amigos de Al, echan más leña al fuego: "Tenías que haber probado aquellas costillitas. ¡Fabulosas!", dice Romualdo.
"Es verdad", confirma Osvaldo, "yo he recorrido el mundo entero y nunca había probado una carne como esa. Parece de otro mundo".
"¡Qué tontos sois!", replica Al, "y ahora querréis hacerme creer que esos dos son extraterrestres, o quizá magos…".

Mirándolos bien, esos dos realmente tienen algo raro.
Tan amables, siempre sonrientes, con buenas palabras para todos. Qué extraño…

Y además, ¿cómo a ellos no les hace efecto la maldición del 13?

También al otro lado de la calle hay quien empieza a chismorrear.
Los primeros, una pandilla de chavales que se fijan en la calva de Tom
y en el peinado de su señora y se ponen a ensuciar las paredes
con caricaturas muy feas. Hay quien comenta malévolo:
"¡Habrán hecho un pacto con el diablo!". "Esos dos, siempre solos,
sin un amigo, sin un pariente…". "¿Qué hará esa bruja todo el día en la trastienda?".

De noche, en la Calle de los Cipreses, un gato negro corre veloz y una sombra furtiva se desliza en un portal. Después, un ruido extraño. ¿Un grito, quizás un lamento, o puede que el gemido de algún animal?

Se iluminan las ventanas.
"¿Qué ha sido eso?".
"Venía de la tienda de Tom".
"Brrr… Todavía noto un escalofrío".
"Los Ossobuco están tramando algo raro".
"¡Son el demonio, esos dos!".
"Desde luego. Y esa misteriosa carne que venden será seguramente resultado de alguna brujería…".
"Pero, ¿qué dices, Al?".
"Ya verás como tengo razón".
"Venga, volvamos a dormir, que es tarde".

Las luces se apagan,
pero nadie consigue
conciliar el sueño otra vez.

Por la mañana, en la carnicería hay la misma
cantidad de gente que siempre,
y Tom se muestra todavía más amable.

"¡Querida, tres pizcas de majado para la señora Pesoneto!", grita Tom a su mujer,
que está en la trastienda, y añade: "Tenga, señora Pesoneto, échele al guiso
también esta diablura de salchichita… ¡Quedará *embrujada*!".
La señora Pesoneto traga saliva y empieza a sentir sudores fríos,
apoyándose en el brazo del señor Piedragorda, que entre tanto se ha puesto
a toser y escupir, mientras a la viuda Marrón se le cae el bolso de las manos.

¡Acabo de recordar que he dejado el gas encendido!".

"¡Vaya, no he traído la cartera!".

"Perdone, pero no me siento bien".

Cuando la señora Ossobuco asoma de la trastienda, el local está vacío.

Sólo queda la tía Tomasa, que es sorda. "Deme aquella salchicha tan hermosa,
que parece muy buena".

Los vecinos de la Calle de los Cipreses se reúnen urgentemente.
También está Al Matabueyes.

El asunto parece grave.

"Está clarísimo que los Ossobuco ocultan algún secreto",
dice la gente, preocupada.
"Aquel gemido espantoso… Y lo que se dice por el barrio…".
"Están siempre encerrados en la tienda, de día y de noche".
"Con ellos no funciona la maldición del 13… ¡Tendrán poderes
mágicos!".
"Y la carne que venden… parece embrujada".
"Hay que averiguar qué ocurre en esa trastienda".

De modo que deciden entrar en la carnicería de Tom y señora.

Es de noche. Ni siquiera hace falta forzar la puerta,
porque el administrador del edificio tiene una llave.
Al ilumina la habitación con una linterna y ¿qué ven?

Tom Ossobuco y señora duermen abrazados
en un colchón en la trastienda.
"¿Qué pa-pa-pasa?", balbucea Tom aturdido.
Al Matabueyes toma la iniciativa: "Nos debéis una explicación. ¿Por qué
estáis siempre encerrados aquí dentro, de día y de noche?".

Tom recupera su actitud afable y cortés: "Queridos amigos, sé que no está permitido dormir en la trastienda de una carnicería. Pero para poder abrir este comercio hemos invertido todos nuestros ahorros. Como ahora las cosas nos van bien, hemos echado el ojo a una casita con un jardincillo".

Los intrusos se miran perplejos.

"Y entonces, ¿qué fue el grito de la otra
noche?", insiste Al Matabueyes.
"¿Aquello? Fue nuestro gato, Merlín.
Siempre hace lo mismo en cuanto ve a Fifí,
la gata de la tía Tomasa".

"¡No os dejéis engañar, son unos mentirosos, unos tramposos y unos brujos!".
Al Matabueyes, corroído por la envidia, grita: "¡No me vengáis con cuentos a
mí, que soy carnicero desde hace treinta años! La carne es siempre carne, y la que
vendéis vosotros tiene algo muy raro!".

Entonces, el administrador del edificio pregunta: "¿Podemos echar un vistazo a la
cámara frigorífica?".
"Bueno, verá…", Tom está ahora incómodo de verdad.
"¿Veis? ¡Estos ocultan algo!", aúlla Al.
"Querido, antes o después teníamos que contarlo", suspira la esposa de Tom.

Abren la puerta. Dentro de la cámara frigorífica sólo hay sacos de harina y alubias.

"Pero, ¿dónde está la carne?", exclaman todos, asombrados.

"La verdad es que nunca hemos hablado de carne", explica Tom. "Amamos demasiado a los animales, de modo que hemos descubierto una forma de hacer filetes y salchichas buenísimos y nutritivos sin dañar a ninguna criatura.

Una receta secreta a base de harina y legumbres".

"¿Queréis decir que los aperitivos, el asado, las hamburguesas…?".
"Sí, sí, todo hecho con vegetales. ¿Les apetece una albondiguilla?".

Ahora hay varias novedades en la Calle de los Cipreses.
¿Recordáis la carnicería de Al Matabueyes? Allí hay ahora una heladería.
Es de Pepe Sorbete, un primo de Tom Ossobuco.
¡No hará falta decir que sus sabores son fabulosos, paradisíacos!

EL PARAÍSO
de la SALCHICHA

13

NUEVA
GESTIÓN

Tom y señora siguen ahí,
en el número 13 de la Calle de los Cipreses,
y las cosas van tan bien que han tenido que contratar a un dependiente.
¿Lo reconocéis? El pobre Al, que se había quedado sin trabajo y...

...ya sabéis cómo es el viejo Tom Ossobuco:
¡Incapaz de hacer daño a una mosca!